Das didaktische Konzept zu Sonne, Mond und Sterne
wurde mit Prof. Dr. Manfred Wespel, Pädagogische Hochschule
Schwäbisch Gmünd, entwickelt.

Beim Druck dieses Produkts wurde
durch den innovativen Einsatz der
Kraft-Wärme-Kopplung im Vergleich
zum herkömmlichen Energieeinsatz
bis zu 52% weniger CO_2 emittiert.
Dr. Schorb, ifeu.Institut

MIX
Papier aus verantwor-
tungsvollen Quellen
FSC® C011124

© Verlag Friedrich Oetinger GmbH, Hamburg 2011
Alle Rechte vorbehalten
Titelbild und farbige Illustrationen von Catharina Westphal
Reproduktion: Igoma GmbH, Hamburg
Druck und Bindung: Mohn media · Mohndruck GmbH, Gütersloh
Printed in Germany 2011
ISBN 978-3-7891-1219-5

www.oetinger.de

Antonia Michaelis

Papa, ich
und die Piraten-Bande

Bilder von
Catharina Westphal

Verlag Friedrich Oetinger · Hamburg

Inhalt

1. Schon wieder Piraten!

Papa und ich
lesen jeden Abend
ein Buch über Piraten.

„Nicht schon wieder Piraten!",
sagt Papa eines Abends.
„Ich weiß jetzt alles
über Piraten. Es reicht, Johan."

„Über Piraten kann man
nicht genug wissen!",
rufe ich. „Sie können
überall auftauchen! Immer!"

Aber Papa glaubt mir nicht.
Er legt das Piraten-Buch weg.
Dann geht er ins Wohnzimmer.

Ich liege im Bett
und ärgere mich.

Ohne Piraten-Geschichte
kann ich nicht einschlafen.
Ich stelle mich ans Fenster.

Draußen regnet es.
Die Straße ist nass.
Sie sieht aus wie das Meer.

Und da sehe ich das Schiff.

Es segelt die leere Straße entlang.

Einfach an den Autos vorbei,

die dort parken.

Das Schiff hat rote Segel.
Rot wie Blut.

Auf der Flagge
ist ein Totenkopf.
Und am Steuer
steht ein Pirat.

2. Ein Haus ist kein Schiff

Vielleicht träume ich.

Ich kneife mich in den Arm.

Aber ich wache nicht auf.

Wir wohnen im vierten Stock.

Da sind wir sicher

vor den Piraten, denke ich.

Leider stimmt das nicht.

Falsch gedacht.

Die Piraten ankern
in einer Park-Lücke.
Einer steigt aus.

Links hat er ein Holzbein.
Rechts hat er
eine Augen-Klappe.
Mitten im Gesicht hat er
ein fieses Grinsen.

Er zeigt auf unser Haus.
„Das große Schiff da, Männer!",
ruft er. „Das entern wir!"

Ich öffne das Fenster.
„Das ist ein Haus!", rufe ich.
„Kein Schiff! Sie irren sich!"

„Kann ja jeder sagen",
knurrt der Pirat.
Und er wirft seinen Enterhaken.

Der Haken fliegt
in das Fenster neben meinem.
Dort ist das Wohnzimmer.
Das hört sich gar nicht gut an!

Jetzt klettert der Pirat
an dem Seil hoch.
Seine Stiefel machen Spuren
auf die weiße Hauswand.

Sicher wundern sich
morgen alle darüber.

Die anderen Piraten
rollen die roten Segel ein.
Dabei singen sie ein Piraten-Lied.

16

Sie singen so falsch,
dass mir die Ohren wehtun.
Dann klettern sie auch
unsere Hauswand hoch.

Und alle Mann steigen
in unser Wohnzimmer ein.
Einer hat sogar
einen Säbel im Mund.

Ich mag Piraten, ehrlich.
Aber doch nicht bei uns
im Wohnzimmer!

Was ist, wenn sie
den Fernseher klauen?

3. Die Schwarze Neun

Ich schleiche in den Flur
und gucke durchs Schlüsselloch
ins Wohnzimmer.

Da steht Papa im Bademantel.
Um ihn herum
stehen die Piraten.
„Wer sind Sie?", fragt Papa.
„Und was machen Sie hier?"

„Wir sind die Schwarze Neun!",
rufen die Piraten.
„Die stärksten Piraten
der West-See!"

„Piraten gibt es doch gar nicht",
sagt Papa. „Nicht hier bei uns."
Die Piraten lachen:
„Hohohohoho!"

Der dickste Pirat
springt auf den Tisch.
Er hebt den Säbel
und zeigt auf Papa.

„Wo ist der Schatz?", ruft er.
„Welcher Schatz?", fragt Papa.

Da werden die Piraten böse.
Sie fesseln Papa
und binden ihn an die Lampe.

„Sucht, Männer!",
ruft der dickste Pirat.
„Dreht jeden Stein um!
Irgendwo ist
der Schatz versteckt!"

Steine gibt es nicht
im Wohnzimmer.
Deshalb drehen die Piraten
die Teppiche um.

Darunter finden sie
nur etwas Staub.

Die Piraten kriechen unters Sofa.

Sie gucken hinter die Bücher.

Sie graben mit ihren Säbeln

sogar in den Blumentöpfen.

Sie suchen überall.

Aber sie finden keinen Schatz.

24

Ein Pirat packt Papa
am Kragen.
„Das Gold muss hier sein!",
knurrt er.

„Die uralte Nelli
hat davon geträumt!
Das ist meine Piraten-Mutter.
Sie hat keine Zähne mehr.
Aber sie träumt immer
die Wahrheit!"

„Gib uns das Gold!",
brüllen die anderen. „Wir werfen
dich sonst über Bord!"
Sie zeigen zum Fenster.
„Hilfe!", schreit Papa.

Ich muss etwas tun. Nur was?
Piraten haben vor nichts Angst.

4. Die Verwandlung

Nein, Piraten haben
vor nichts Angst.
Außer – vor anderen Piraten.

Ich renne in mein Zimmer zurück.
Dort liegt mein Kostüm
vom Fasching.
Ich bin als Pirat gegangen.
Klar, als was sonst.

Ich ziehe
die zerrissene Hose an
und binde
die Augen-Klappe fest.

Dann baue ich
die Haken-Hand an.

Aus der Küche
hole ich ein Messer.
Das klemme ich mir
zwischen die Zähne.

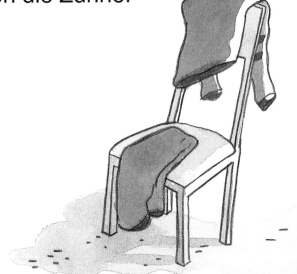

28

Vor der Tür zum Wohnzimmer
höre ich die Piraten grölen.

Sie haben wohl
den Rum gefunden.
Den bewahrt Mama
im Bücher-Regal auf.

Auf einmal bekomme ich Angst.

Ich bin allein.

Allein gegen neun Piraten.

Da fällt mir

der Spiegel-Schrank ein.

Seine Türen sind wie Spiegel.

Wenn man beide Türen aufklappt,

sieht man sich ganz, ganz oft.

Ich hole Luft

und stürme ins Wohnzimmer.

5. Die Wilde Dreizehn

„Huuooooo!", schreie ich
und renne bis zum
Spiegel-Schrank.
Dort reiße ich die Türen auf
und stelle mich in die Mitte.

„Wir sind die Männer von der
Wilden Dreizehn!", rufe ich dann.

Die Piraten starren mich an.
Papa starrt mich auch an.
Mein Herz klopft wie wild.
Wird es klappen?

„Das ... das sind gar keine dreizehn",
sagt der dickste Pirat.
„Das sind sicher
HUNDERTdreizehn Männer!
Wo kommen die her?"

„Wir ... äh ...", sage ich.
„Unser Schiff ankert im Schrank."
Hoffentlich merken sie nicht,
dass das gar nicht geht!

Ich hebe mein Küchen-Messer.
Alle meine Spiegelbilder
heben auch ihre Küchen-Messer.

Das ist eine ganz schöne Zahl
an Küchen-Messern.
Die Piraten weichen zurück.

„Entfesselt den Gefangenen!",
rufe ich. „Sonst machen wir
Salami aus euch!
Der Schatz gehört uns!"

Die Piraten lassen Papa frei.
Dann klettern sie alle wieder
aus dem Fenster.
Ich atme auf.

„Wer seid ihr?",
fragt Papa mit großen Augen.
Ich mache einen Schritt
vom Spiegel weg.
„Na, *ich* bin es doch",
sage ich.

6. Gold

„Duuuuu?", fragt Papa.

„Ja", sage ich. „Ich, der Ober-Pirat.

Glaubst du mir jetzt,

dass es überall Piraten gibt?"

Papa nickt.

„Donnerwetter!", sagt er.

„Die haben sich geirrt, oder?",
frage ich. „Hier ist kein Gold."

Da öffnet Papa
eine geheime Schublade im Tisch.
Darin ist lauter Gold.

„Der Schatz!", flüstere ich.
Papa nickt.
Er gibt mir ein Stück Gold.

Komisch, das Gold ist ganz leicht.
Das ist Schokolade!
Schokolade in Gold-Papier!

Wie dumm die Piraten-Nelli ist!
Sie hat von Gold geträumt.
Aber sie dachte, es wäre echt!

Als Mama nach Hause kommt,
sitzen wir in einer Piraten-Höhle.
Die Höhle ist unter dem Tisch.
Dort teilen wir uns den Schatz.

„Was macht ihr denn da?",
fragt Mama.
„Wir spielen Piraten", sagt Papa.

„Schon wieder?", fragt Mama.
„Könnt ihr nicht mal etwas sein,
was es auch in echt gibt?"
Papa und ich sehen uns an.
„Ja, ja", sagt Papa. „Morgen."

Hallo!
Ich bin Luna Leseprofi.
Ich fliege durch das All.
Und ich bin ein echter Leseprofi.
Möchtest du mit mir lesen lernen?

Dann beantworte die 5 Fragen.
Löse jetzt das Rätsel und komm mit
in meine Lese-Welt im Internet.
Dort gibt es noch mehr
spannende Spiele und Rätsel!

Leserätsel

1. Wie ist das Wetter?

R: Es hagelt.

S: Es regnet.

B: Es schneit.

2. Wo ankern die Piraten?

Ä: in einer Park-Lücke

U: in Omas Teich

L: im Garten

3. Können die Piraten gut singen?

P: Ja, Johan will sofort mitsingen.

B: Nein, ganz und gar nicht.

A: Nein, Johan muss ihnen etwas

  vorsingen.

4. Was drehen die Piraten um?

R: die Steine

U: die Blumenvase

E: die Teppiche

5. Das Gold ist …

L : aus Schokolade.

O: sehr viel wert.

K: gar nicht mehr da.

Ein kleiner Tipp: Schau noch einmal auf den Seiten 8, 12, 16, 23 und 38 nach. Dort findest du die richtigen Antworten.

Lösung: __ __ __ __ __

Hast du das Rätsel gelöst?
Dann gib das Lösungswort unter
www.LunaLeseprofi.de ein.
Hole deine Familie, deine Freunde
und Lehrer dazu. Du kannst dann
noch mehr Spiele machen.
Viel Spaß! Deine Luna

Sonne, Mond und Sterne

1. Klasse

So spannend ist es in der Schule!

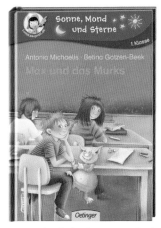

Antonia Michaelis/Betina Gotzen-Beek
Sonne, Mond und Sterne – 1. Klasse
Max und das Murks
ISBN 978-3-7891-0661-3

Sabine Neuffer/Betina Gotzen-Beek
Sonne, Mond und Sterne – 1. Klasse
Lukas und Felix werden Freunde
ISBN 978-3-7891-1193-8

Alles Murks! Max mag seine Ton-figur nicht leiden. Doch da wird die Murks-Figur lebendig! Jetzt ist es lustig in der Schule.

Felix ist neu in der Klasse. Als er sieht, wie die anderen Lukas är-gern, nimmt er all seinen Mut zu-sammen und verteidigt ihn.

Oetinger

Mit Lesespielen im Internet. Lesepatenmodell für Lehrer und Eltern.
www.LunaLeseprofi.de und www.oetinger.de